閱讀123

國家圖書館出版品預行編目資料

貓巧可救了小紅帽／王淑芬 文；尤淑瑜 圖
-- 第一版. -- 臺北市：親子天下, 2019.05
128 面； 14.8x21公分. --
（貓巧可：4）（閱讀123；75）
ISBN 978-957-503-383-5（平裝）
859.6 108003712

閱讀123系列 —— 075

貓巧可 4
貓巧可救了小紅帽

作者｜王淑芬
繪者｜尤淑瑜

責任編輯｜陳毓書
特約編輯｜游嘉惠
美術設計｜蕭雅慧
結構設計｜王淑芬
貓巧可翅膀卡版面設計｜林子晴
行銷企劃｜王予農、林思妤

天下雜誌群創辦人｜殷允芃
董事長兼執行長｜何琦瑜
兒童產品事業群
副總經理｜林彥傑
總編輯｜林欣靜
主編｜陳毓書
版權主任｜何晨瑋、黃微真

出版者｜親子天下股份有限公司
地址｜台北市 104 建國北路一段 96 號 4 樓
電話｜（02）2509-2800 傳真｜（02）2509-2462
網址｜www.parenting.com.tw
讀者服務專線｜（02）2662-0332 週一～週五：09:00~17:30
讀者服務傳真｜（02）2662-6048 客服信箱｜parenting@cw.com.tw
法律顧問｜台英國際商務法律事務所・羅明通律師
製版印刷｜中原造像股份有限公司
總經銷｜大和圖書有限公司 電話：(02) 8990-2588

出版日期｜2019 年 5 月第一版第一次印行
2022 年 10 月第一版第十六次印行

定價｜260 元
書號｜BKKCD116P
ISBN｜978-957-503-383-5（平裝）

貓巧可4

貓巧可救了小紅帽

文 王淑芬
圖 尤淑瑜

目次

START

1. 貓巧可救了小紅帽

貓村裡的村民都知道，貓小花開心時，會在頭上開出一朵花；其實，貓巧可的頭上也會長出東西喔。

幾天前，貓巧可逛書店，想買貓咪老師出版的詩集，奇怪的是，一拿到櫃臺，卻看見書名變成《貓的神祕童話》。

店員瞪大眼睛，

好不容易才開口說：「貓巧可，《貓的神祕童話》這本書只會在神祕的時刻，出現在神祕的讀者面前。一出現，就代表拿到書的人會遇到神祕大事。」

「你怎麼知道？」貓巧可覺得太神奇了。

店員不回答，把貓巧可推到門外，說：

「快走快走，免得本店發生神祕怪事，我解決不了。」

「那我怎麼知道神祕大事什麼時候發生？」貓巧可一向很有研究精神。

店員大聲說：「就是你覺得頭髮癢，好像有東西要長出來的時候。」

那天回到家，貓巧可立刻打開《貓的神祕童話》準備閱讀，只是，第一頁到最後一頁，全都是空白，果然很神祕。

今天，巧可媽請他到森林收集樹皮，想編成夏天的草帽。

「沒問題。」貓巧可走進森林。

走沒多遠，一個轉彎，

貓巧可發現，大事不好了！

他的頭開始發癢。

「難道……難道那個特別的時刻到了？」

貓巧可停下腳步，自言自語。

安靜的森林裡，貓巧可的頭愈來愈癢，真的會長出東西嗎？

「你是誰？」

貓巧可嚇一跳，

連忙轉身看看，是誰發出聲音。

他仔細一看，原來是個小女孩，穿著紅色連身帽斗篷，紅得像春天的草莓。

紅帽小女孩再問一次：

「你是誰？為什麼你也戴著小紅帽？」

「啊？」貓巧可摸摸頭，他的頭上長出來的，居然是一頂帽子。聽起來，是頂小紅帽。

「你又是誰，要去哪裡？以前在森林從沒見過你。」貓巧可摸摸頭上長出來的帽子，好奇的問。

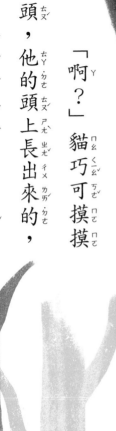

小紅帽對貓巧可說她要穿過森林，去拜訪外婆。

「本來，我答應媽媽，絕對不走進森林，必須搭公車直達外婆家。」

小紅帽說完，嘆了一口氣，坐在大石頭上。

貓巧可問：

「因為沒聽媽媽的話，所以你覺得很煩惱？」小紅帽點點頭。

「為什麼你不聽媽媽的話？」

「因為……」小紅帽站起來，雙手插腰，

一付很有決心的模樣。「因為，我想要自己做決定，而不是聽別人的。」

貓巧可懂了，小紅帽覺得總是聽媽媽的指揮，好像自己什麼都不會，永遠長不大。

他再摸摸頭上的小紅帽，心想：

「我跟她戴一樣的帽子，難怪我懂她的想法。這就是所謂的神祕大事嗎？」

貓巧可的頭不癢了，不過，現在變成頭疼了。

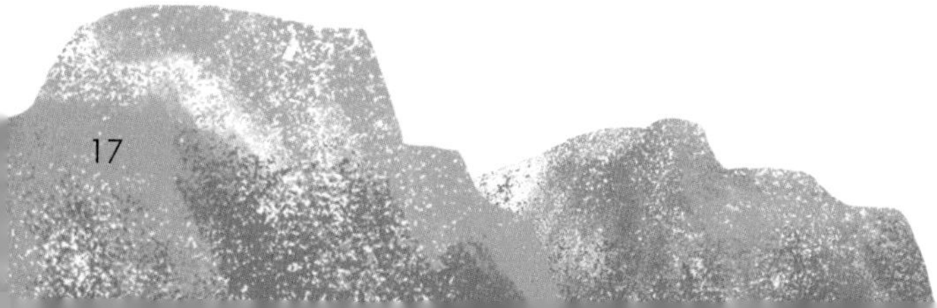

小紅帽問：「你說自己做決定是不是比較厲害？」

貓巧可心裡想：我自己做過什麼厲害的決定呢？早上吃的是媽媽做的早餐、上學是校長邀請我去

的，以及和貓小花成為好朋友，是因為她想跟我做朋友……

哎呀，貓巧可想不出來，自己做過什麼重要的、了不得的大決定。

「我決定來到森林，是因為媽媽不讓我走進森林。」

小紅帽看看四周，聲音有點發抖。「聽說，森林裡有大野狼、毒蘋果、有刺的刺蝟、有尖角的鹿。」

大樹後面一隻刺蝟跑出來，大吼：「毒蘋果在白雪公主的故事裡啦，你這個不聽話的小紅帽！」他還生氣的抱怨：「刺蝟有刺，天經地義啊。現在的小孩，真奇怪。」

刺蝟抱怨完畢，又氣沖沖的跑回大樹後面了。

貓巧可點點頭說：「小紅帽，其實我知道你的心情，你想要證明自己長大了，可以自由做決定。」

小紅帽拿出籃子裡的小蛋糕，吃了一口，說：「我可以決定吃或不吃。我也可以決定不聽媽媽的話，我很自由。」

「可是我覺得，就算可以自己做決定，也不保證這個決定是對的。」貓巧可說：「比如，你決定不聽媽媽的話，走進可能有危險的森林，而不是搭又快又安全的公車。這樣好嗎？」

「唉，就是不好，我才煩惱啊。」小紅帽吃完蛋糕，又大大的嘆了一口氣。

她看了看手錶，大叫：「糟了，來不及了。」她拉著貓巧可，快步走出森林。「快帶我去搭車，外婆說四點一定要到她家。」

在公車站時，小紅帽向貓巧可道謝：「謝謝你救了我。」但是，她還是嘆了一口氣：「到底我哪天才能自己做決定？」

BUS

貓巧可說：「認真想想，我們現在做的『自己的決定』，可能來自以前別人曾教過，或是聽過、見過的經驗。世界上真的有『絕對是自己的決定』這種事嗎？」

小紅帽想了想，說：

「這個問題對我來說有點難。我現在自己決定：不回答。」

再見！貓巧可。」

世界上真的有「絕對是自己的決定」這種事嗎？這是貓巧可第一次想不出答案。他摸摸頭上的小紅帽，想了又想，覺得果然遇見神祕大事了！

2. 國王要不要穿新衣

一大早，貓小花與貓小葉急忙跑到貓巧可家。

「巧可，聽說你的頭上長出小紅帽？」

貓小花一邊敲門，一邊大聲叫。她興奮得頭上開出一朵大紅花。

貓小葉的頭上也長出一片大紅葉，說：「巧可快開門，我想看看你的小紅帽。」

貓巧可打開門，說：「早安。」

他的頭上什麼也沒有，

昨天長出來的小紅帽
已經消失了。

貓小花大叫：

「不公平！我沒看見。」

貓小葉也說：

「不公平，只有小紅帽看見。
而且，她不聽媽媽的話。」

原來，前一天貓巧可拯救小紅帽的事，已經默默的在貓村裡傳開了。

正當貓巧可想好好解釋事情的前因後果時，他發現頭又開始癢了。

「哎呀，我的頭……」

貓巧可連忙跑到鏡子前。

「好像又有東西要長出來了。」

貓小花姐弟兩人也站在鏡子前，張大眼睛等著看。

「長出來了！長出來了！」貓巧可摸著自己的頭，大叫著。

可是，鏡子裡，貓巧可頭頂上明明什麼也沒有。

「太奇怪啦。這是我拿到《貓的神祕童話》之後，遇到的第二件神祕大事。」他請貓小花摸摸他的頭。

「咦？有東西啊。」貓小花的眼睛瞪得更大了。

她明明在貓巧可頭上摸到一頂帽子，軟軟的，可是在鏡子裡，巧可的頭頂卻是空的。

貓小葉也伸出手，想摸摸看。

這時，傳來一陣急促的敲門聲。

貓小葉趕快去開門，

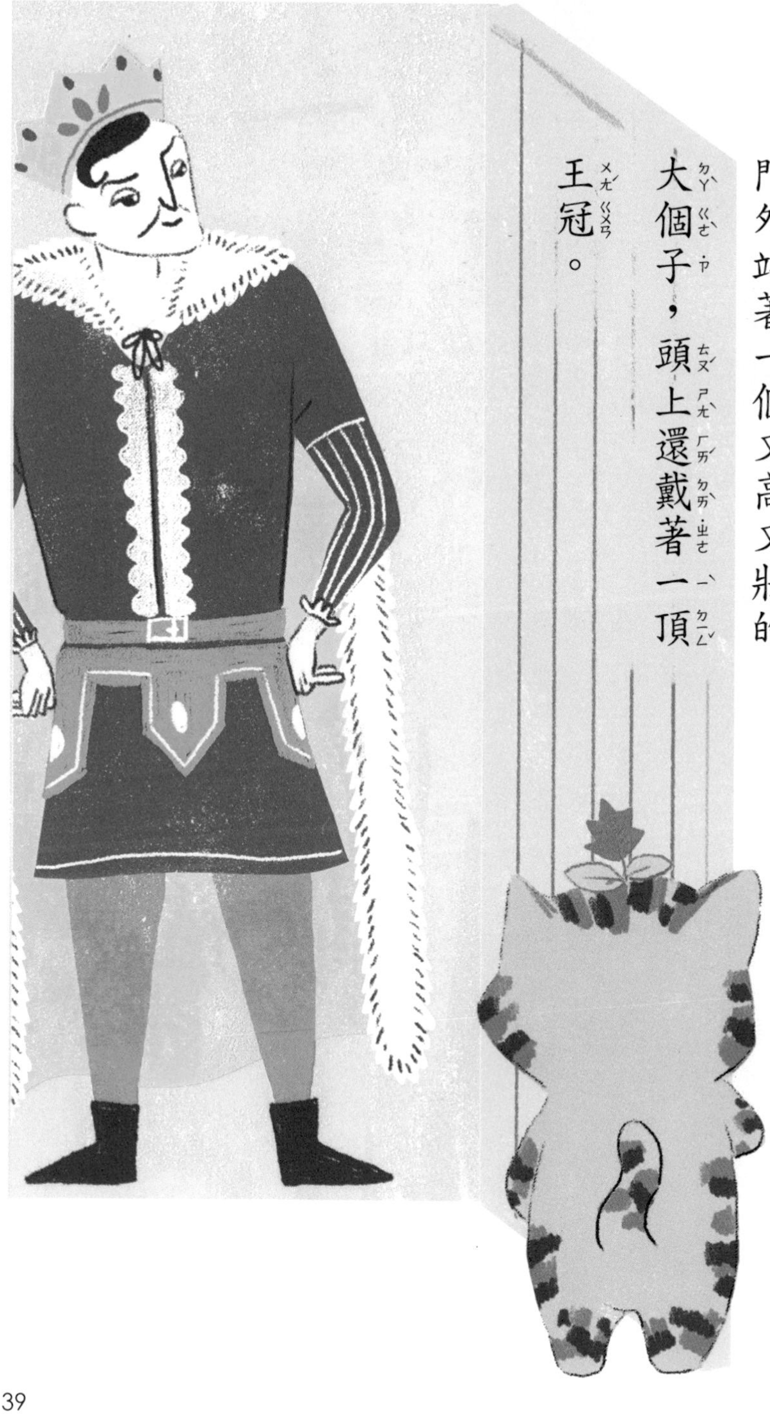

門外站著一個又高又壯的
大個子，頭上還戴著一頂
王冠。

大個子開口說：「這是貓巧可家嗎？我是不遠的國家的國王，有問題想請教你。」

「您好，國王，請坐。」貓巧可端了一杯薄荷茶，請國王坐下來喝。

「貓巧可，聽說你會回答各種難題。不過，我的難題很難回答，說不定你也覺得很困難。」國王喝了一口茶，大大的嘆了一口氣。

「請說，今天我們有三個人可以一起想。三顆腦袋應該勝過一個腦袋。」貓巧可說完，忍不住又摸摸自己的頭。

國王說：「我國最近正準備一項選舉，主題是：國王該穿哪一件新衣？」

貓小花讀過許多童話故事，立刻接話：「難道是騙子裁縫師的那一件？也就是根本看不見、不存在的新衣，國王最後是光著身子遊行，好蠢啊。」

國王回答：「謝謝你的解說。只是，這件新衣太有名了，所以後來成為我國最重要的觀光節目。全世界的觀光客到我國來，都指定要在年度遊行那一天，欣賞這件衣服。」

貓巧可突然大叫：

「原來如此，
難怪今天我的頭上，
也長出一頂看不見、
不存在的帽子。」

貓小葉摸摸
貓巧可的頭，也大叫：
「哇，摸得到，看不到。」

國王皺起眉頭：「所以，我想請問，到底我該穿上不存在的新衣，還是穿上正常的、看得到的，而且帥氣十足的新衣？」

原來所謂重要的選舉，就是請人民投票表決。國王的眉頭愈皺愈深：「我們國家的人民，也都傷腦筋，不知道該投哪一個？」

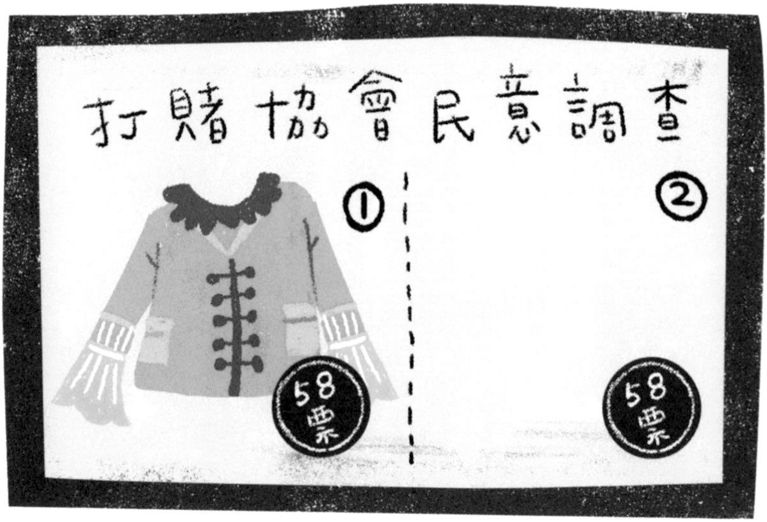

國王說，根據「打賭協會」的調查，目前人民都在打賭，兩種選項各有一半支持。為什麼國王知道呢，因為他是「打賭協會」的會長。

再根據「觀光協會」的調查，兩種選項也各有一半的觀光客支持；因為國王也是「觀光協會」的會長。另外，國王還身兼「穿新衣協會」會長、「不穿新衣協會」會長。總之，他發現全國人民，一半覺得國王應該穿傳統的、但是不存在的新衣，

另一半認為他該換真正的新衣。

「難道國王您自己沒有想法嗎？」貓小花問。

「可是，我是國王，國王得聽全國人民的話，要不然，大家會說，這個國王根本就不懂人民的心，離人民太遙遠。」國王對貓小花解釋，他也是「不遙遠協會」的會長，很重視人民的意見。

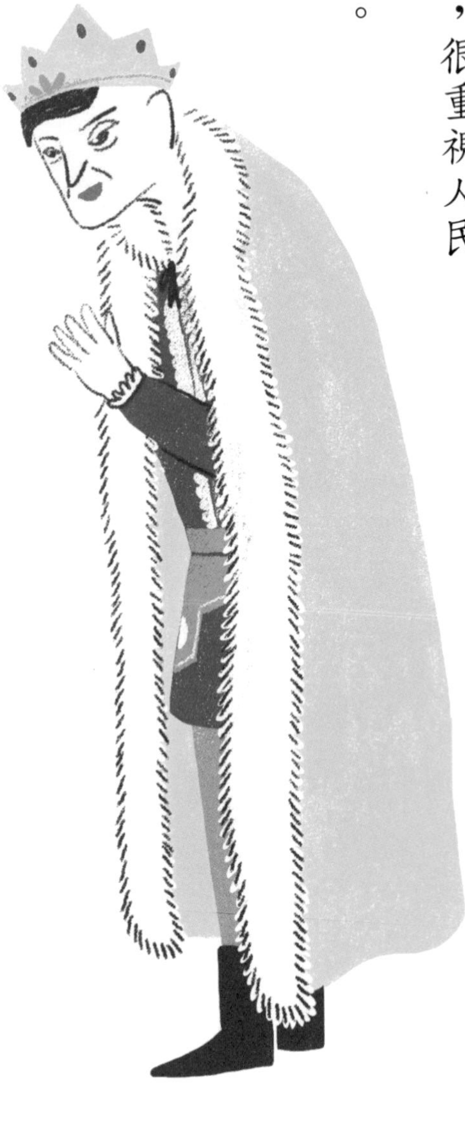

貓巧可看著國王，他心裡有個想法，可是，他不想說。

國王喝完薄荷茶，站起來，向三個人告別：「貓巧可，等到你有答案時，請趕快告訴我。我就住在不遠的國家，不遠喔。」

因為國王又身兼「回家吃晚餐協會」會長，所以他得趕緊回家吃晚餐。

國王一離開，貓小花摸著貓巧可的頭說：「不見了。不存在的帽子，真的不存在了。」

貓巧可笑著說：「《貓的神祕童話》這本書，果然一點也沒錯，好神祕啊。」

貓小葉問：「國王該聽人民的話，還是觀光客的話，

還是自己的話呢？巧可，你說。」

貓巧可搖搖頭，沒有回答。他覺得既然今天有「不存在的帽子、不存在的新衣」，那也該有一個「不存在的答案」。

4
3

3. 度度鳥的公平賽跑

貓小花與貓小葉雖然是一家人，但是有時候意見不同，也會吵架。這一天，他們散步時，看見路邊有張卡片，姐弟倆都想要。

貓小花跑得快，立刻撿起來，放進口袋。貓小葉氣得快哭了，說：「是我先看見的，應該給我。」

兩個人誰也不肯讓誰，

只好去問貓巧可。

「巧可，跑得快的贏，還是先看到的贏？」人都還沒進門，貓小花便大聲問。

貓巧可正在寫詩，嚇得靈感都飛走了，只好放下筆，問：「你們去參加賽跑嗎？」

貓小葉大叫：

「才不是。是我先看見卡片，可是被跑得快的姐姐撿走了。不公平！她本來根本沒看見。」

貓小花卻反駁：

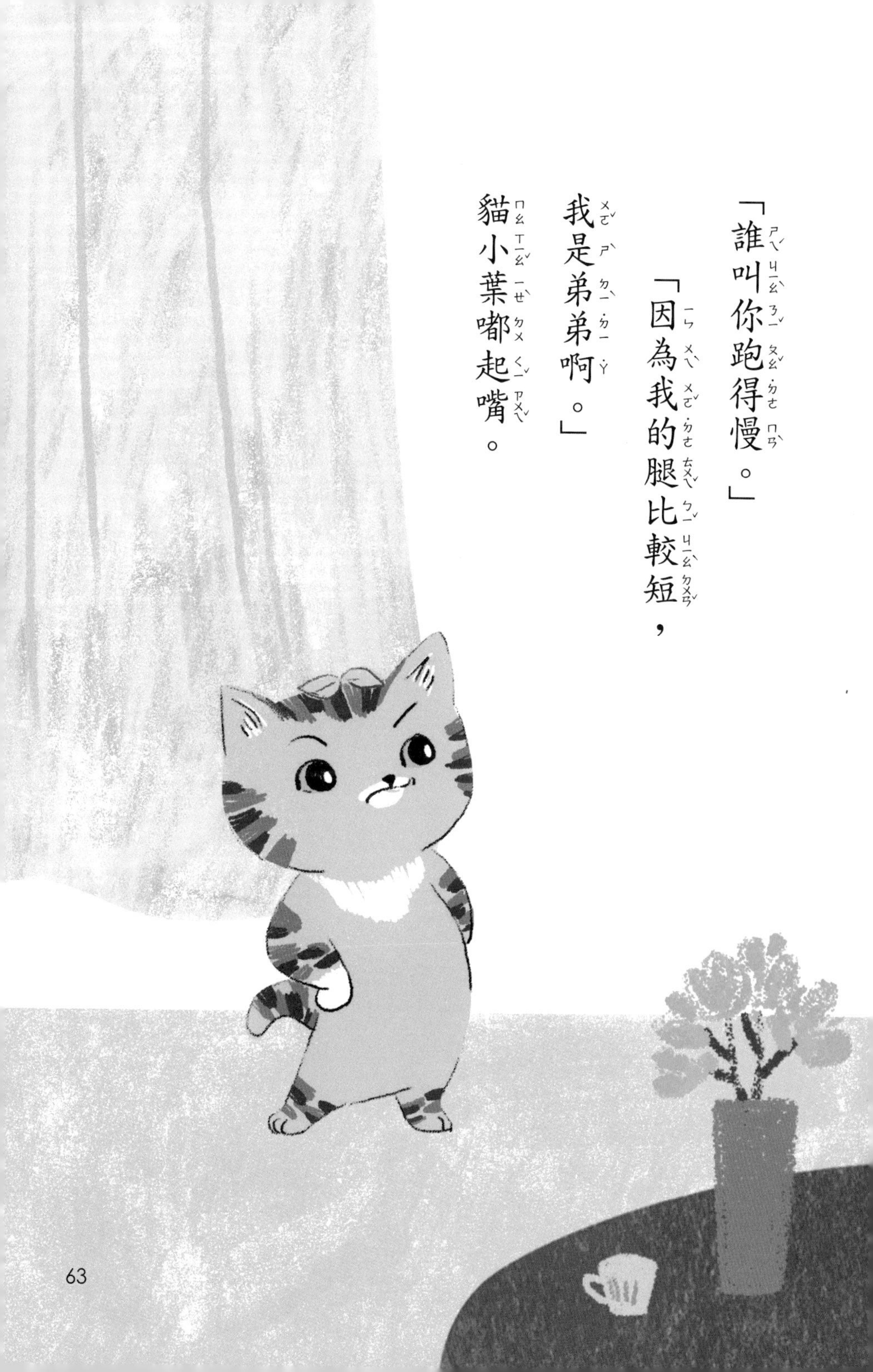

「誰叫你跑得慢。」

「因為我的腿比較短，我是弟弟啊。」

貓小葉嘟起嘴。

貓小花笑了，拿出卡片，遞給貓小葉：「送給你吧，誰叫你是我最可愛的短腿弟弟。」

貓小葉很開心，頭上長出一片油亮油亮的綠葉子。

貓小葉接過卡片，一看，說：「這不是卡片，是通知單。」

三個人靠近一看，卡片上寫著：「歡迎參加人人有獎跑步比賽。由度度鳥主辦，愛麗絲提供獎品。」

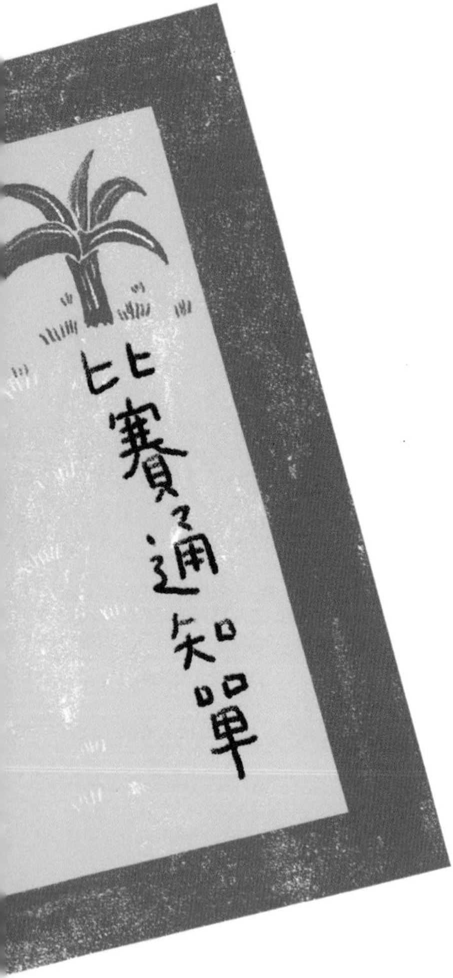

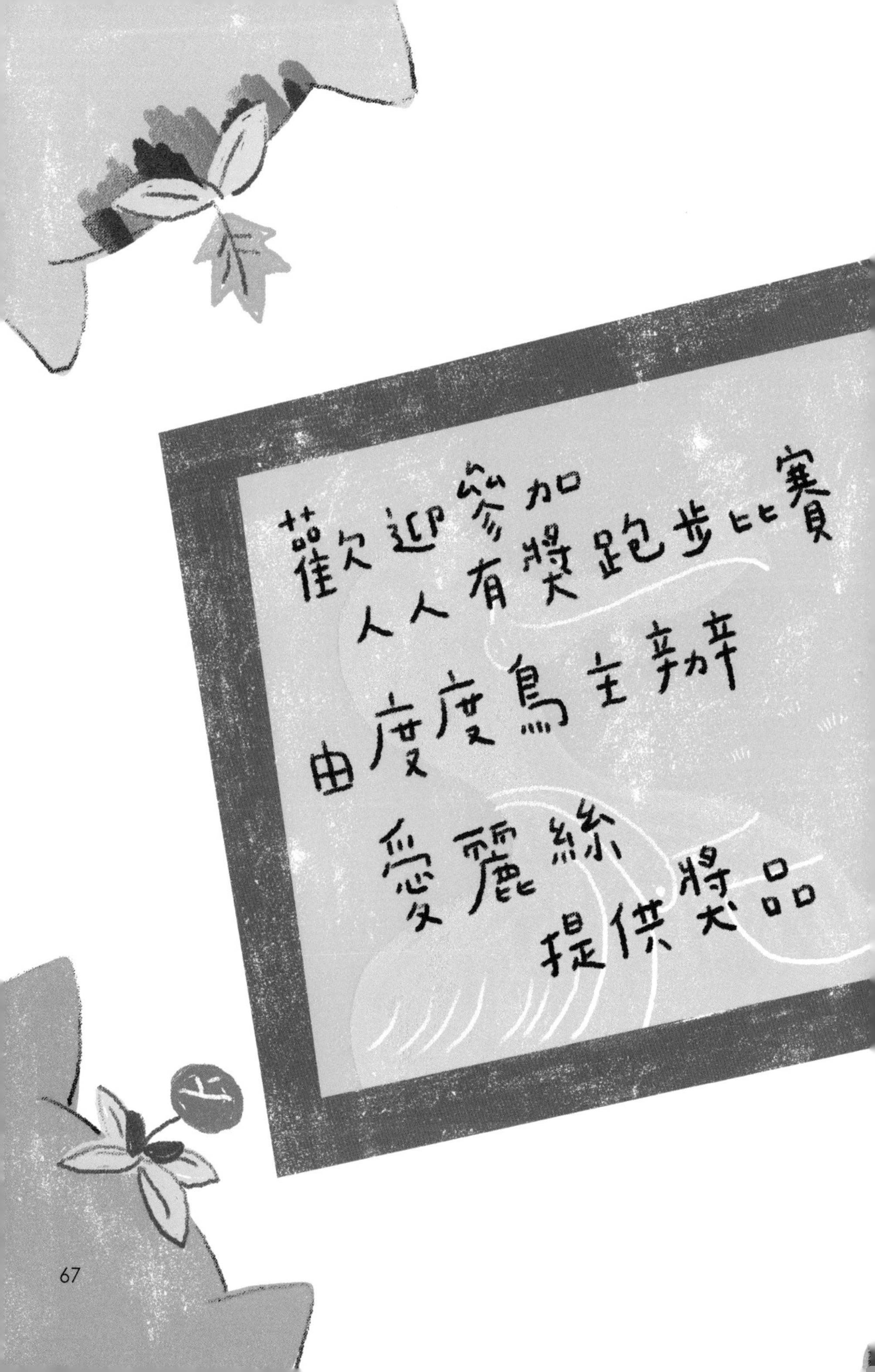
歡迎參加
人人有獎跑步比賽
由度度鳥主辦
愛麗絲
提供獎品

「什麼嘛，賽跑，好累啊。而且我腿短，一定輸。」

貓小葉沒興趣，把賽跑通知單還給貓小花。

貓小花仔細看了看，說：

「你看，比賽的獎品是愛麗絲提供的，不知道是什麼？」

貓巧可忽然大叫：

「好癢好癢，我的頭好癢。」

貓小花與貓小葉一起大喊：

「要長東西了！
這次會長什麼？」
看起來，《貓的神祕
童話》這本書，又發揮它
的特殊功能了。

一、二、三，三秒鐘後，貓巧可的頭上、不，他的背上，長出一對翅膀。

「貓巧可變成鳥巧可。」

貓小葉盯著看，好羨慕啊。世界上他最喜歡的，就是貓小花、貓巧可與翅膀。

貓小花點點頭：

「我懂了。這是要我們去參加跑步比賽，因為有翅膀的貓巧可一定會得到冠軍。飛得當然比跑得快。」

貓小葉馬上打開門：

「我們快去。」

貓巧可提醒貓小葉：

「你不是說自己腿短跑不快？」

「通知單上明明寫著：人人有獎。」

貓小葉說完，唸出通知單上的地址，三個人跑到連接貓村與狗村的大橋。橋底下的草原就是賽跑地點。

有一隻肚子胖胖的度度鳥，掛著「我是裁判」的名牌。

一看到他們，
便吹哨子，說：
「不用預備，開始跑。」
「其他選手呢？」
「從哪裡開始？」
「跑到哪裡結束？」
三個人問。

度度鳥裁判有點不高興，又吹一次哨子，說：「你們沒讀過《愛麗絲漫遊奇境》這本書嗎？書裡的度度鳥就是我爺爺的奶奶的外婆的爺爺。總之，度度鳥的賽跑是最公平的，怎麼跑都可以，而且統統有獎。」

「哇！好公平。」貓小葉大叫。

「哇！好不公平。」貓小花也大叫。

度度鳥裁判又吹哨子，說：「如果不想賽跑也可以，不過，那就沒有獎品。」

貓小葉很想要獎品，於是問：「我要參加。請問獎品是什麼？」

「獎品就是沒有獎品。大家都沒有，這樣才公平。」

度度鳥又吹一次哨子。

沒有獎品，算什麼比賽？

第1名沒有獎品
我是裁判

可是度度鳥卻搖頭晃腦的說：

「為了獎品才參加比賽，就不是真的參加比賽。」

貓小葉氣呼呼的說：

「算了算了！我不跑了。」

他想了想，建議貓巧可和度度鳥：

「不如換你們兩個比賽。」

「好啊。」度度鳥覺得

閒著也是閒著，不如來比賽。
他指著前方說：「貓巧可，
看我們誰先到橋下。」

話還沒說完，

他自己就開始跑了；肥肥胖胖的肚子
咚咚咚的左右擺動，
度度鳥跑得很認真呢。

沒想到貓巧可

張開翅膀，「呼呼呼」

一下子便飛到橋下。

貓巧可贏了。

度度鳥跑得好喘，邊喘氣邊說：「沒關係，贏的有獎品，輸的也有獎品。」

貓小花笑著拍手：「獎品就是沒有獎品。」

「可是……」貓小葉有問題。「巧可用飛的，度度鳥用跑的，這樣公平嗎？」

貓小花卻問：「如果你明明有翅膀，卻不准使用，這樣公平嗎？」

下雨了！大家連忙躲到橋底下。

貓巧可拍掉身上的雨滴，

也幫度度鳥拍掉頭上的雨，

然後說：「我想，

世界上最不公平的事，

就是不可能有真正的公平。」

度度鳥點點頭：

「你說的很有道理，送你一個獎品。」

獎品就是……

4.

愛醜的醜小鴨

自從貓巧可意外得到《貓的神祕童話》這本書，貓村裡每天都會有人跑來問：「今天會發生什麼神祕大事？巧可，你的頭開始癢了嗎？」

大家都知道，貓巧可長出的神祕東西，只能維持一天，如果當天沒看見，第二天就消失了。所以，好奇的貓村村民，都不想錯過。

貓巧可只好將門打開，讓大家自己進門瞧瞧。他還將這本奇妙的書放在客廳展示。所有人翻來翻去，都大叫：「根本沒有字，太神祕了。」

這天下午，貓巧可正在喝薄荷茶，忽然覺得頭又發癢了。而且，這次很特別，不但頭癢，手也癢。

「糟了，該不會連我的手都會長出東西吧。」

貓巧可站在鏡子前，急著想知道答案。只見他的頭

上蹦出一個小黑點，不一會兒，小黑點慢慢往上長，變成一枝鉛筆。

「哇，我的頭上長出筆。難道，是要我開始寫功課？」這個時間，全貓村都在喝薄荷茶，沒有人上門。貓巧可摸摸鉛筆，坐下來，翻開《貓的神祕童話》，心想：該不會是要我在這本書上寫字吧？

「啪啪啪啪、啪啪啪啪。」忽然聽見腳步聲由遠走近，貓巧可抬頭一看，進門的是一個愁眉苦臉的老先生，還有一隻小小的鴨子。

小鴨子有一雙大大的腳，他一進門就坐在沙發上，

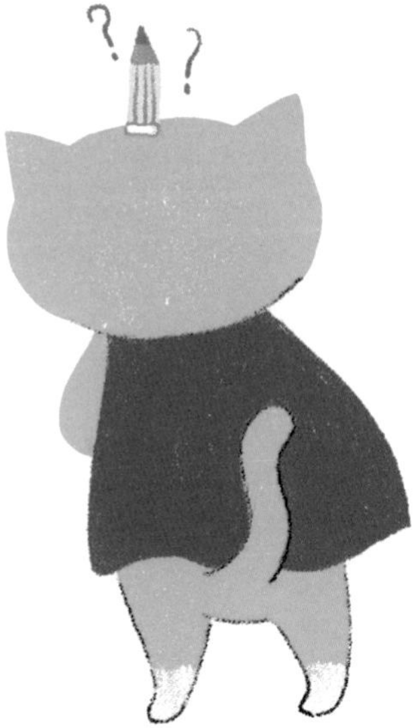

還拉著老先生一起，說：
「爸爸，請坐。」
老先生笑了，拍拍小
鴨子說：「真乖。」然後

自我介紹：「你好，貓巧可。我是安徒生，喜歡寫童話故事。這是我寫的一個故事中的主角。」

小鴨子「呱呱呱」大聲說：「我是醜小鴨啦，很醜吧。」

貓巧可實在分不出來

什麼是醜，什麼是不醜。小鴨子就是隻鴨子，滿可愛的呀。

他只好問：「我可以幫什麼忙？」

安徒生先生說：「本來，我寫的童話故事，是讓醜小鴨長大變成天鵝，大家就不再欺負他。可是……」

小鴨子又「呱呱呱」接話：「可是，我比較喜歡我現在這樣，我不想變天鵝。」他還宣布：「我長大要變成醜大鴨，最後變成醜老鴨。」

貓巧可懂了：「爸爸希望孩子變漂亮，可是，孩子希望保持原來的樣子。」

貓小花正好端著餅乾進來要請巧可，看見兩位訪客，便說：「你們好，請吃餅乾。你就是家喻戶曉的醜小鴨嗎？」

醜小鴨

原來小鴨子從走進貓村大門開始，便一路「呱呱呱」的大聲叫著：「我是家喻戶曉的醜小鴨；家喻戶曉就是名滿天下，名滿天下就是很有名，大家都知道。」

貓小花覺得醜小鴨真了不起，好有學問。

醜小鴨謙虛的說：「因為我爸爸

我是家喻戶曉的

是家喻戶曉的大作家安徒生啊。家喻戶曉就是名滿天下，名滿天下就是……」

安徒生先生拿一塊餅乾給醜小鴨，小鴨子總算暫時安靜下來。

「貓巧可，你認為我讓醜小鴨長大變漂亮，有錯嗎？」原來，他上門是想請教貓巧可這個問題。

貓巧可摸摸頭上的鉛筆，說：「小孩子長大會變成什麼模樣，有很多因素影響。有時候大人再怎麼希望也沒用。」

貓小花安慰老先生：「我知道你是為了小鴨子好。希望他長大後很漂亮，是迷人的帥小子，大家才不會看不起他。」

「我才不要！我不想當帥小子，我覺得醜小子很酷啊。」小鴨子說完，也安慰安徒生先生：「爸爸，請別難過。愛醜的醜小鴨，比較特別。」
貓小花也說：「對，全世界的醜小鴨都愛美，想變成天鵝。倒是從來沒聽過愛醜的醜小鴨。」

安徒生先生聽了，忽然眼睛一亮，跳起來說：「我有靈感了！下一本童話，我就來寫《愛醜的醜小鴨》。」

「還可以寫《美人魚不愛王子》、《熱情的冰雪女王》、《賣火柴發大財的女孩》、《愛穿舊衣的國王》……」大家你一言我一語，幫安徒生先生出點子。

安徒生先生好開心，不斷點頭：「好好好，太好了；唉呀，說慢一點，我記不得啦。有沒有紙和筆，我趕快寫下來。」

火柴售完

原來，貓巧可今天頭上長出筆來，是為了給安徒生先生寫故事。而空白的《貓的神祕童話》，就是等著大作家來寫下精采故事。

這一天發生的事，不算神祕大事，是令人歡喜的開心大事。

安徒生先生寫完後，站起來，拉著小鴨子準備回家。貓巧可拿起《貓的神祕童話》，遞給他：「請你帶回家吧。」

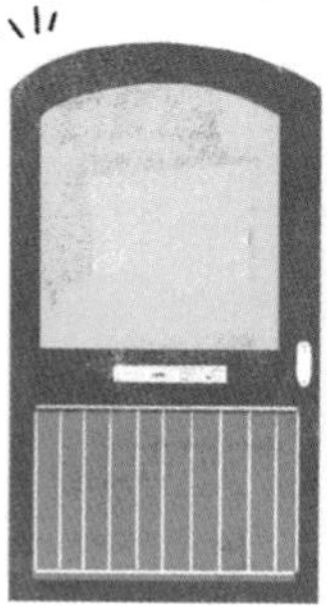

「不必不必。只要我寫下來後，就全記得了。這本書還是留給你吧，說不定，它能發揮更神祕的功能喔。」

小鴨子滿意的搖搖屁股，向貓巧可說再見，

然後跟著安徒生先生走出門，

一面走一面大喊：

「我是舉世聞名的醜小鴨，

舉世聞名就是家喻戶曉，

家喻戶曉就是名滿天下喔。」

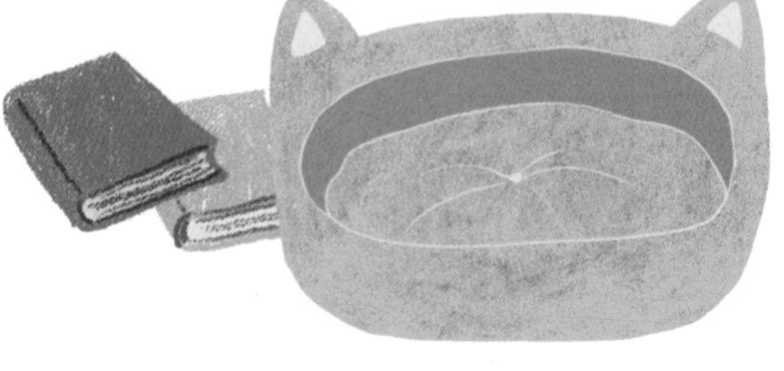

我是舉世聞名的醜小鴨，
舉世聞名就是家喻戶曉
家喻戶曉就是名滿天下喔！
童話

5. 十二點啦！灰姑娘

貓巧可與貓小花、貓小葉躺在草地上，晒著暖暖的太陽，尾巴慢慢東搖西搖，好舒服啊。

貓小葉說：「世界上我最喜歡的，就是貓小花、貓巧可與晒太陽。」

可愛的貓小葉，常常更換他的「喜歡排行榜」，不過，喜歡排行榜的前兩名，永遠是親愛的姐姐與貓巧可。

「姐姐，我們會永遠在一起晒太陽嗎？」貓小葉問。

貓小花用尾巴拍拍貓小葉的頭：

「當然不會。我以後會長大，跟世界上最愛我的白馬王子結婚。到時候，可能沒空跟你晒太陽，連晒月亮都

沒辦法。」

貓小葉急得都快哭了，說：「不可以，不可以，你不要跟王子結婚啦。」

貓小葉才說完，一位戴著亮晶晶王冠的王子，從遠處騎著白馬，快速向他們跑過來，然後停在草地。

王子跳下馬，
急急忙忙的問：
「是貓巧可嗎？
我有急事想請教。」
貓巧可站起來，
瞬間頭上也長出一頂
亮晶晶的王冠。
「哇！巧可，

你今天變成白貓王子。」

貓小葉摸摸貓巧可頭上的王冠，覺得陽光下的王冠閃著耀眼光芒，真是太美了。

看來，《貓的神祕童話》這次要貓巧可遇見的，是王子的難題。

王子的難題很簡單，也很困難。簡單的原因是：他想結婚。困難的理由是：沒有新娘。

「咦，根據童話，
你可以娶灰姑娘啊。」
讀過許多書的貓小花，
覺得這個問題根本不需要貓巧可。
王子卻搖搖頭，
低聲說：「可是，
灰姑娘卻說她不肯
嫁給我。」

「為什麼？」

王子又搖搖頭說：

「我也不知道。」

貓巧可邀請大家進門，他願意幫忙打電話，問問灰姑娘到底是怎麼回事。

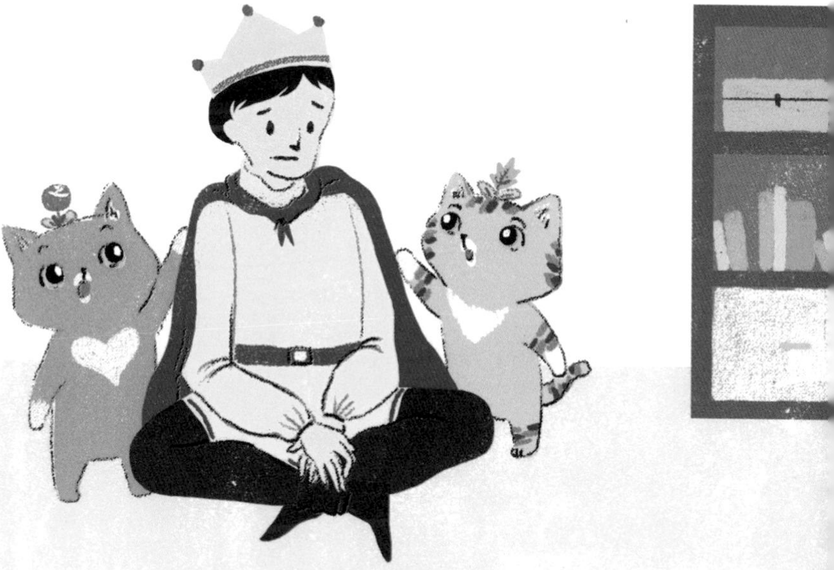

「是灰姑娘嗎？請問，你為什麼不想嫁給白馬王子？」貓巧可在電話中問。

只見他聽著聽著，連連點頭，還笑得眼睛瞇起來。白馬王子在旁邊，只能皺著眉頭，猜測灰姑娘說出什麼答案。

「我懂了，好，這是個好理由。」貓巧可放下電話，請大家坐下來。

他摸摸頭上的王冠，打開《貓的神祕童話》，然後笑咪咪的說：

「這本書果然有神奇的妙用。」

貓巧可打開書的第一頁，只見原本空白的紙頁，出現一行字，寫著：

什麼東西一過午夜十二點就不見？

貓小花立刻大叫：「灰姑娘的華麗馬車與華麗的禮服。」她還補充：「我昨天才讀過灰姑娘的故事。因為馬車與禮服是神仙教母變的，她想使出法術幫助可憐的灰姑娘。但是法力只能維持到午夜十二點。」

貓巧可問王子：「這樣你

知道問題在哪裡了嗎？」

白馬王子點點頭，但是又搖搖頭說：「是……是她遇到的神仙教母不夠厲害？」

「不對。是因為灰姑娘覺得，你愛上的不是本來的她，是經過法術改變的她。」貓巧可說明。

白馬王子又點點頭：「原來如此，好吧。那我再去找別的女生好了。」說完，他就騎上他的白馬離開了。

貓小花也搖頭：「難怪灰姑娘不肯嫁他，這是一個不肯動腦思考的王子。」但是，她還有疑問：「《貓的神祕童話》為什麼今天會出現字呢？」

貓巧可揭曉答案：「剛才灰姑娘說，神仙教母告訴她，讀任何一篇故事，不要只知道發生的事，還要加上思考。如果不思考，讀到的，就只是一本空白的書。」

貓小葉大叫：

「我不懂！」

「沒關係，貓小葉，

等你再大一點，再多跟

貓巧可聊多一點，你就會愈來愈懂喔。」

《貓的神祕童話》第二頁，寫的就是這句話。

作者的話

當哲學遇上童話

文　王淑芬

給小朋友的話

哲學是什麼？它不會給你答案，但是會帶著你思考。所以，討論哲學，並不是「我知道了許多答案」，而是「針對這件事，我想了很多。」

這一次，貓巧可遇到童話故事裡的小紅帽與醜小鴨等人。古老的童話，如果用哲學家的精神重新讀一讀，也可以聊出許多有趣的想法呢。

請跟著貓巧可，打開《貓的神祕童話》，讓大腦在這些故事裡快樂的奔跑吧。

不少學術界會借用經典童話典故來描述，比如「灰姑娘情結」常用於心理學，指女孩一心想等白馬王子來拯救的心態；而金髮女孩 Goldilocks 的「剛剛好」哲學，常被運用於經濟學。這些自小耳熟能詳的童話，像可以隨口哼唱的旋律，迴盪在我們的人生五線譜上，偶而讓它蹦出來敲一下我們的腦袋，試著深度挖掘，說不定它還能撞擊出更動聽的樂音。哲學並不深奧，強調的是思考；本書中的五篇故事，就是用哲學態度來重新哼唱人生五線譜，帶領孩子想一想。

〈貓巧可救了小紅帽〉，想聊的是「自主」。我們都希望孩子能做自己、獨立判斷，但是必須先透過周全思考，全方位探討各種後果才行；否則，只憑一時喜好，純粹只是任性而已。尊重孩子的自主意見，並不等於放任。

〈國王要不要穿新衣〉，要聊的是「民粹」或他人意見；我們常說要服從多數，可是，萬一多數人的意見並非正確，怎麼辦？尤其是領導者應該接近人民的想法，不過，若是被這些意見綁架與控制，到頭來很可能什麼也做不好。不論是領導者或普通人，在聽取別人意見與做自己之間，該如何取得平衡，或做最佳選擇，是經常會遇見的難題，得讓孩子多想想。

〈度度鳥的公平賽跑〉，討論的是公平。故事中哪個是真公平？哪個並不公平？世界上真的有公平嗎？如果就是沒辦法公平，又該從什麼角度思考、採取什麼行動呢？有沒有可能一件事，對甲公平，對乙不公平；比如：鳥兒參加賽跑卻輸了，可是，明明他一下子就能飛到終點。如果規定不准鳥兒使用他的能力，是公平，還是不公平？

〈愛醜的醜小鴨〉想聊的是先天條件。人無法選擇出生的形貌，是否應該想辦法改變自己，讓自己符合世俗標準，變得又美又瘦又白，讓大家覺得你很美？還是該保有自己原有樣貌，不必在意是否被大家認可？

〈十二點啦！灰姑娘〉當然是提醒大小朋友：我們愛上的，是人的內在優點，還是經過各種魔法：比如魔術般的化妝、驚人華美的服飾，所改造出來的人？同時也要深思，我們希望別人因為什麼而喜歡自己？是一身昂貴名牌的裝扮，還是因為跟自己興趣相同，聊得很開心、很有收獲？

許多問題，不見得有標準答案，哲學要的也不是統一答案，而是多元思考。當然，如果能先純粹去享受書中的樂趣與創意想像，那也是貓巧可說這些故事的最大願望。

動手做 貓巧可翅膀卡

運用剪刀和黏膠，可以讓卡片裡的貓巧可張開翅膀喔，立刻來試試看吧！

1 把左邊的拉頁剪下來，然後，沿著黑線把Ⓐ、Ⓑ、Ⓒ等零件也剪下來。

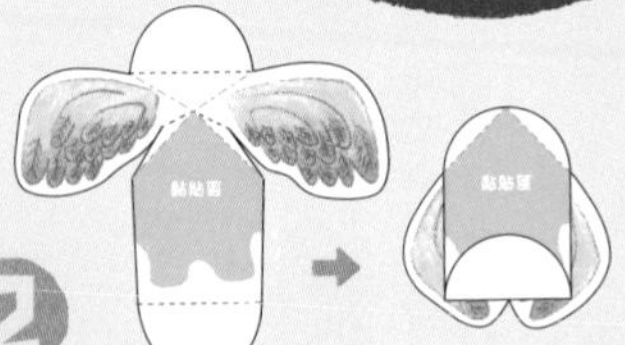

2 將Ⓒ按著 -·-·- 山線和 - - - - 谷線摺出摺痕，再摺疊起來。

3 將Ⓐ沿虛線摺起來。

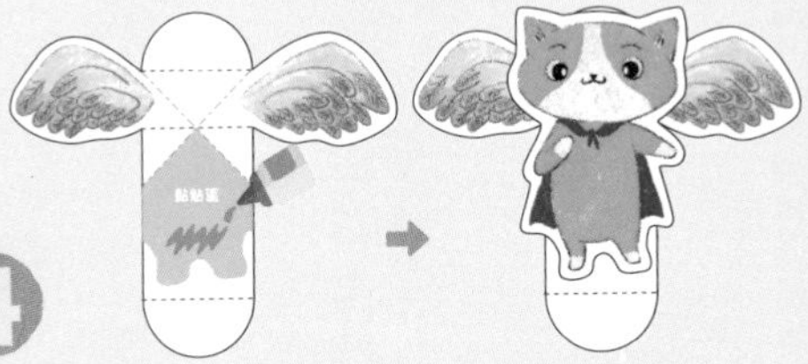

4 在Ⓒ的黏貼區塗上黏膠，把翅膀零件和貓巧可Ⓑ黏貼在一起。

5 等黏膠乾了，將Ⓒ重新展開，分別在上下兩端的半圓形背面塗上黏膠，固定在卡片底紙Ⓐ上。

6 完成啦！拉拉看，貓巧可是不是長出翅膀來了呢？

為你的卡片畫上好看的裝飾，寫上祝福的話，送給你喜歡的人吧。

B 貓巧可

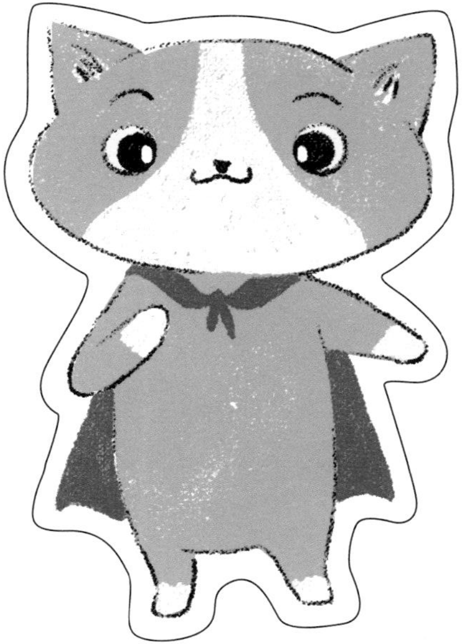

C 翅膀零件

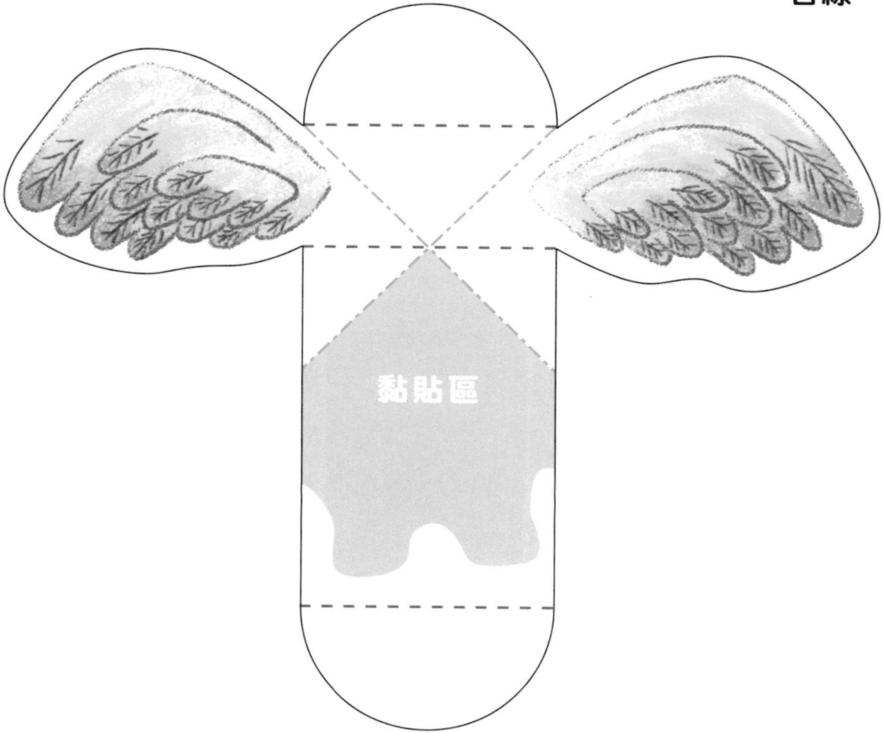

A 卡片底紙

黏貼區

黏貼區

你也可以成爲貓巧可的翅膀設計師

參照設計規則，你可以製作不同的翅膀，帶來更多驚喜。現在就找出紙和筆，發揮創意為貓巧可畫出獨一無二的翅膀吧！

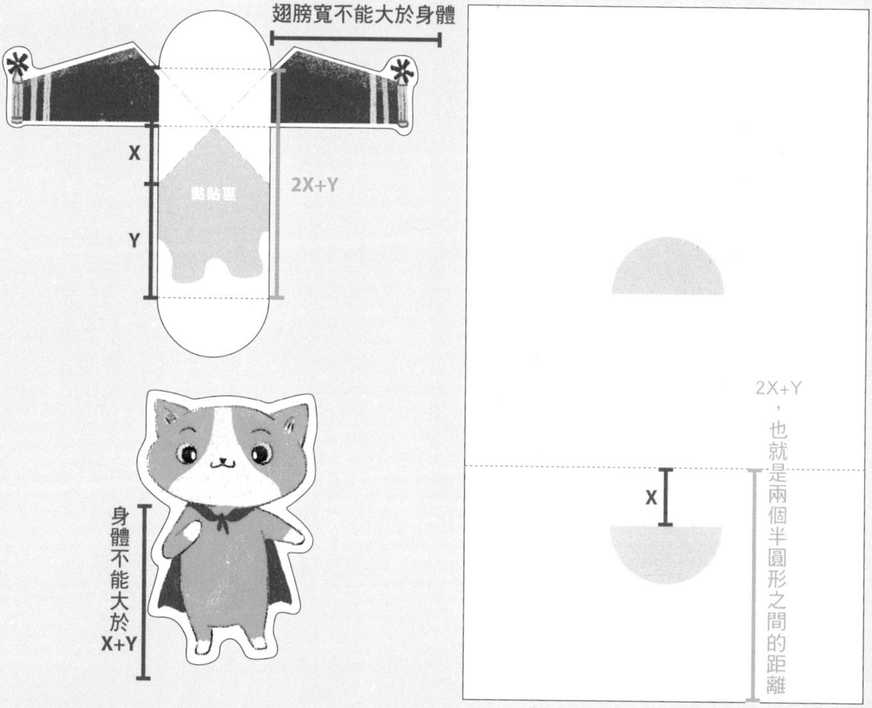

- 請注意，標示 X 的地方代表衡量的基準，假設 X 是 2 公分，2X 就是 4 公分，以此類推。
- 如果 X 的長度放大或縮小，其他相關位置的比例也要跟著調整哦！

閱讀123